U0930589

黑与白 /（意）黛博拉·沃格里格 (Debora Vogrig)
著；（意）皮亚·瓦伦提里斯 (Pia Valentinis) 绘；
李茵豆译. -- 成都：四川美术出版社，2023.3（2023.9 重印）
书名原文：Black and White
ISBN 978-7-5740-0532-7

Ⅰ. ①黑… Ⅱ. ①黛… ②皮… ③李… Ⅲ. ①儿童故
事—图画故事—意大利—现代 Ⅳ. ①I546.85

中国国家版本馆 CIP 数据核字 (2023) 第 021665 号

著作权合同登记号：图进字 21-2023-14

黑与白

HEI YU BAI

[意]黛博拉·沃格里格 著 [意]皮亚·瓦伦提里斯 绘

李茵豆 译

选题策划 北京浪花朵朵文化传播有限公司
出版统筹 吴兴元
编辑统筹 彭 鹏
责任编辑 张慧敏
责任校对 袁一帆
特约编辑 李 敏
责任印制 黎 伟
营销推广 ONEBOOK
装帧制造 墨白空间·杨阳
出版发行 四川美术出版社
（成都市锦江区工业园区三色路238号 邮编：610023）
开 本 889毫米 × 1194毫米 1/16
印 张 3
字 数 25千
图 幅 48幅
印 刷 河北中科印刷科技发展有限公司
版 次 2023年3月第1版
印 次 2023年9月第2次印刷
书 号 978-7-5740-0532-7
定 价 60.00元

官方微博：@浪花朵朵童书
读者服务：reader@hinabook.com 188-1142-1266
投稿服务：onebook@hinabook.com 133-6637-2326
直销服务：buy@hinabook.com 133-6657-3072

浪花朵朵

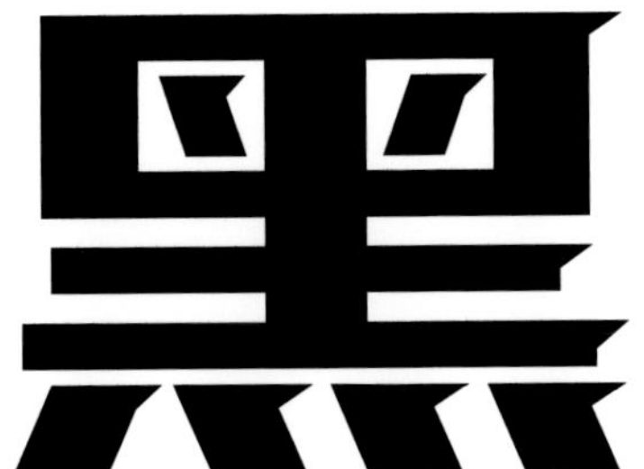

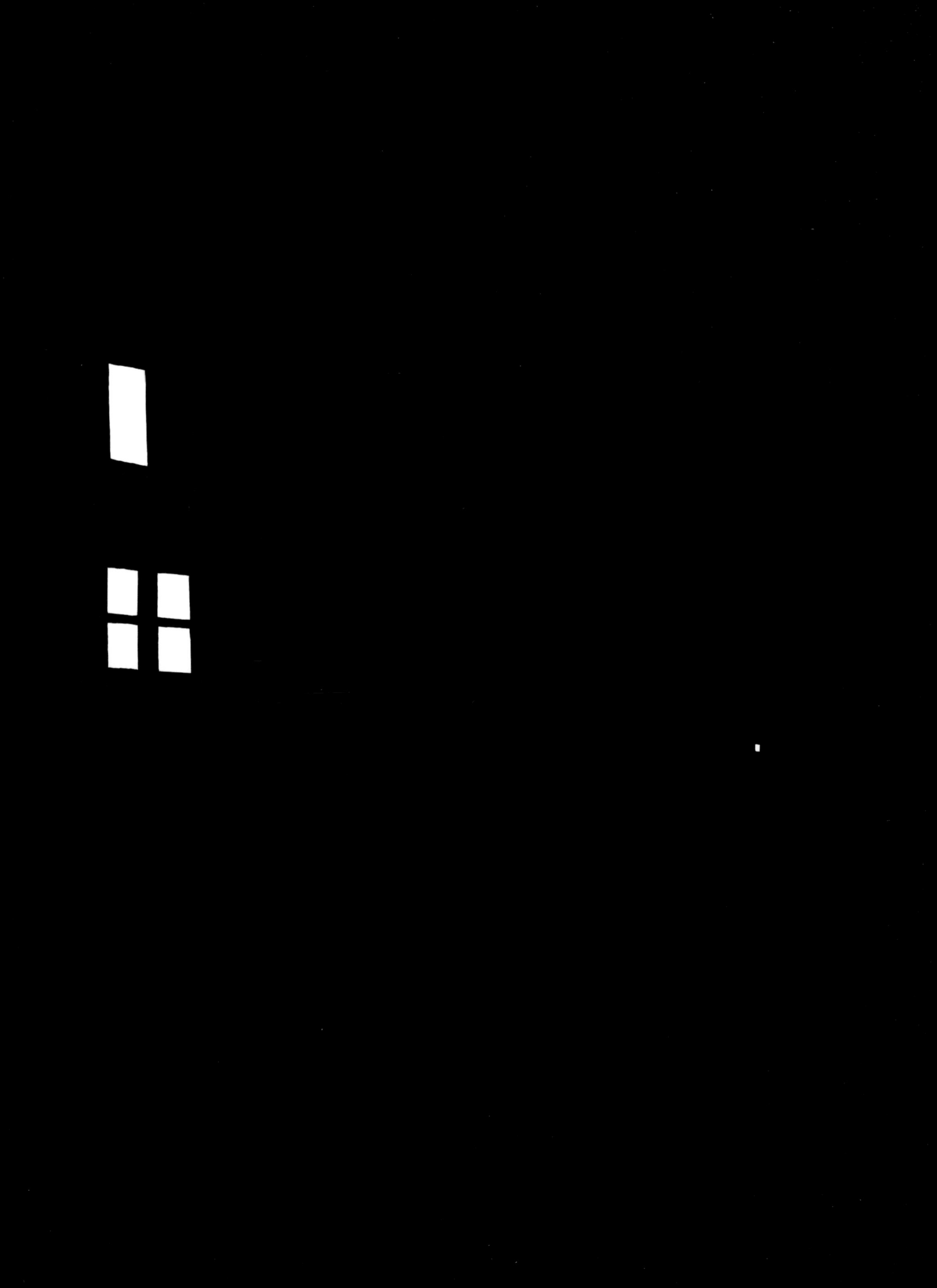

白醒来了……

在天空中慢慢散开。

当白穿过窗，

黑躲进了床底。

“嗨，黑……”

白问，

“你在哪儿？”

“噢，你在这儿。”
白说。

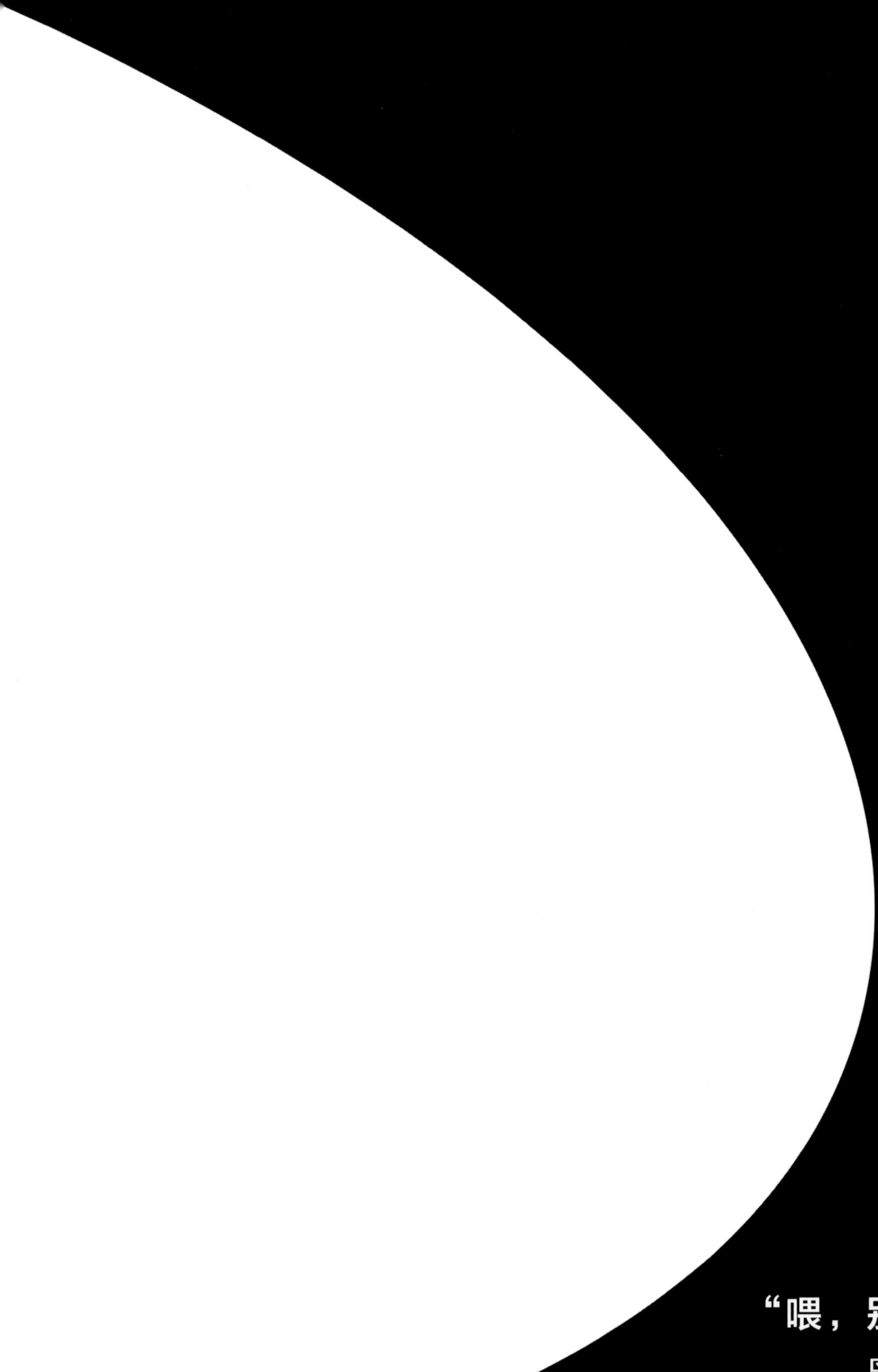

“喂，别推了！”
黑抱怨道，
“你快把我压扁了。”

“那好吧，我走了。”

白说。

“别，等一下！”

黑喊道，

“别走！我有些东西想给你看。”

“什么？”
正在溜走的白问。

“看！”
黑一边说，
一边喷洒。

“快停下！！！”
白尖叫着，
“瞧你干的好事！”

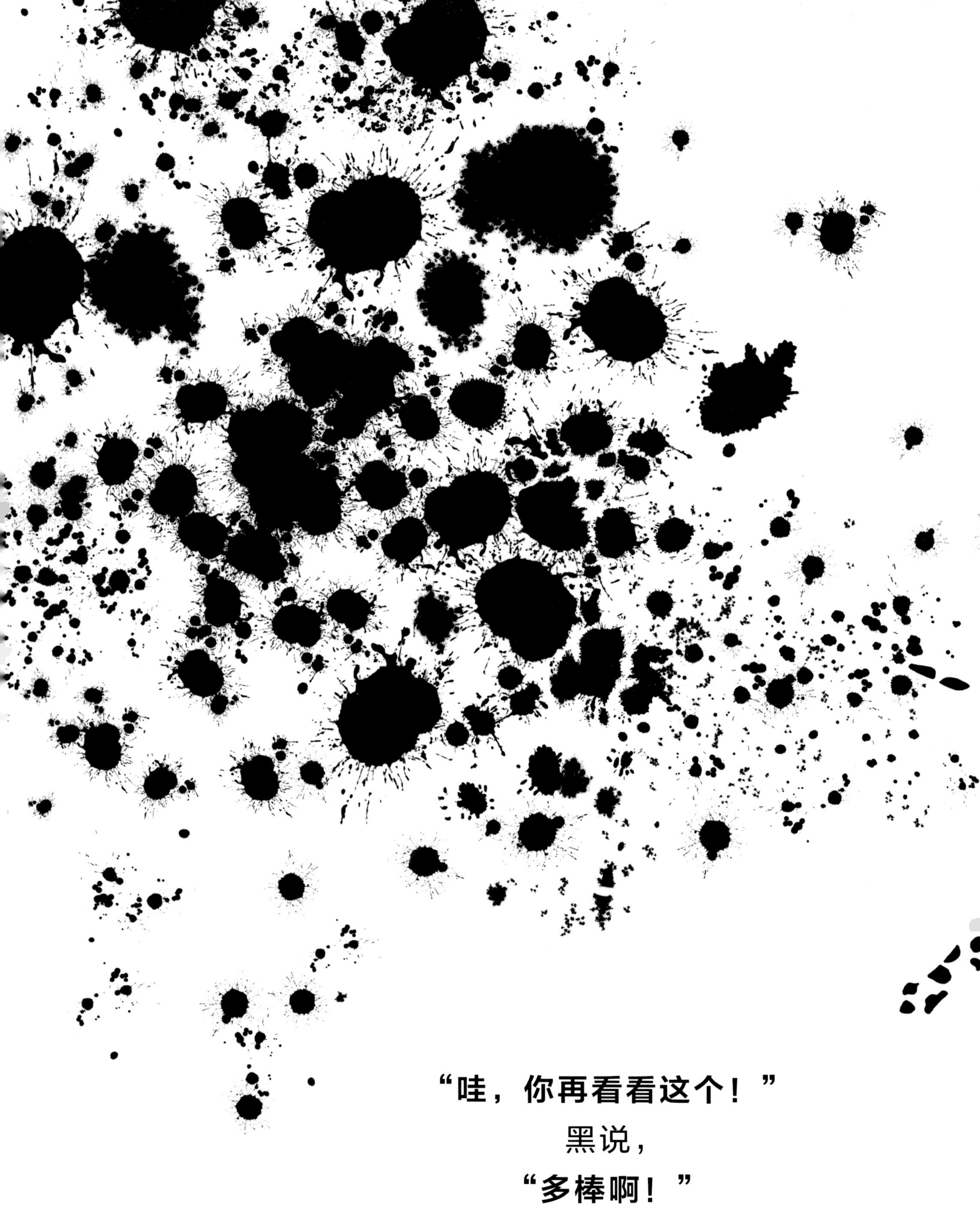

“哇，你再看看这个！”

黑说，

“多棒啊！”

“我们……是朋友吗？”
白问道。

“当然是！”
黑回答。

于是，黑与白，一同穿过森林，

开始了一场旅行。

从北极，

到南极，

飞驰过热带草原，

放飞你的想象力，在黑卡纸上画图，再将图案剪下来贴在白卡纸上，或者把画在白卡纸上的图案剪、贴在黑卡纸上，创造属于你自己的黑白创意画吧！

埋伏在丛林深处。

现在，扬帆起航吧。

“啊嚯咿*！全速前进！”

黑和白齐声喊。

* 注：海上水手之间打招呼用语。

接着，黑降落到房屋，

把一切都拉长……

阿布拉卡达布拉*——
注：一句咒语，常在魔术表演中使用。大概意思是“如我所说一样，创造吧”。

再下一盘棋吧，就一盘。

再弹一首曲子吧，
就一曲。

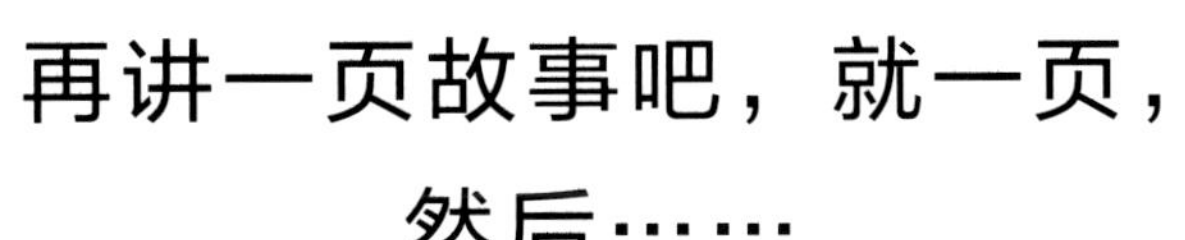
再讲一页故事吧，就一页，
然后……

“晚安，白。”黑说。

“晚安，黑。”白说。